고향은 아무것도 가르쳐 주지 않았다

# 고향은 아무것도 가르쳐 주지 않았다

**도광의 시집**

개미

# 조용한 엽서

제임스 조이스가 '율리시즈'를 쓴 곳은 이탈리아 동북단의 트리에스테였다. 그는 젊은 시절의 기억 외에도 신문이나 더블린 우체국 인명록 같은 것을 참고해서 더블린을 그렸다. 집필 중 의문이 나는 것은 더블린에 살고 있는 숙모 조지핀에게 조사를 의뢰했다. 조이스가 숙모에게 보낸 편지에는 '센디마운트에 있는 스타 어브 시 교회 뒤쪽의 수목이 해안에서 보입니까. 그리고 레히스 테라스에서 그 옆으로 내려가는 계단이 있습니까?' 하고 물은 대목이 있다. 사실 '율리시즈'만큼 한 도시의 지도를 치밀하게 그린 소설도 없다. 조이스는 "더블린이 멸망한다면 나의 작품으로 그래도 재생시킬 수 있다."고 말했다. 촘촘하게 더블린 극사실로 만들어 낸 작품에 대한 자존심이 나타나고 있다.

　문학은 단체의 조직이나 힘으로 뒷받침 될 수 있을
는지 모르나 작품을 만들어 내는 것은 개인이다. 시
인이나 작가라는 레테르보다도 내가 쓴 한 줄의 좋은
글, 내가 쓴 한 편의 시를 안으로 소중하게 키울 수
있는 스스로의 원정園丁이 되는 길을 습작해 보기로
하자. 이런 겸손에서 어린 날 낫으로 풀을 베다가 손
을 베었을 때, 내 옷고름으로 네 피를 닦아 줄 수 있
는 먼 기억에서 아파할 수 있을 것이다. 이러한 감성
이 살아있을 때, 쉬베르비엘이 썼던 '시인에게'라는
비장한 시를 쓸 수 있을 것이다.

2023년 5월<br>도광의

# 제2부

**제3부**

**에필로그**

제1부

# 아궁이 불꽃

쌀 안친 솥 아궁이에 나직나직 타들어가는
자황색 불꽃 오래 보지 못했다
쇠죽 쑤는 아궁이에 생솔가지 타다닥 타다닥 새파
란 불꽃 오래 보지 못했다
군불 때는 초당草堂 아궁이에 능금나무 마른 장작
이 머슴 볼기짝 발갛게 물들이는 오색찬란한 불꽃 오
래 보지 못했다

# 어슴푸레하다

공납금公納金 일만오천 원 모자라
장날 마늘 대여섯 접 묶어 팔러갔다
소꼴 베러 갔다가
살모사에 물려 죽을 고비 넘겼다

"차카게 살자"
"차카게 살으면 복 받는다"

어느 세월에 어리석은 일이
착한 일로 바뀔 것인가

어슴푸레하다

# 드들강

강 이름으로
강 모습 달라 보인다
센강 이름보다는
드들강 이름이 좋았다
센강이라고 부르면
화장 진한 여자 떠오르지만
드들강이라고 부르면
물안개 피어오르는
수수한 여자 떠오른다
매끄러운 거짓말이 흘러다니는
센강 이름보다는
수수한 드들강 이름이 마음에 든다

# 고향 동강리

강물 보이는 산에 올랐다
신갈나무 서어나무 사이 오가는
장수하늘소 안 보인다
햇살 반쯤 낯설게 쏟아졌고
햇살 반쯤 낯설지 않았다
멀지 않은 어제만 해도
모래 반짝이는 양철지붕이었는데
속눈썹 긴 소녀 보이지 않는다
아픈 사람은 자기 눈으로 세상 본다는데
산허리 구절초 명주실로 늙어 버렸고
환한 나팔꽃 시절을 담고 있다
바람이 흔들며 지나는 풍경에는
어제의 강물 빛나고 있다

# 손수건 한 장

공산면 백안동 선하 집에 놀러 가서
선하 누나한테 손수건 한 장 받았다
마당에는 누나가 심어놓은
꽃들이 둘레를 이루었고
장독 옆에는 봄에 피는 꽃다지
여름에도 꽃을 피우고 있었다
풀잠자리, 풍뎅이 날아드는 밤
분이 누나 고운 얼굴에 반해
한잠도 못 자고 뒤척이던 기억이 난다
그후 국문과를 졸업하고
이십오 년 지난 스승의 날
제자 덕윤이한테
만오천 원짜리 손수건을 선물받았다
연분홍 피에르 가르뎅 손수건과
하얀 가제에 노란색 실 수놓은
분이 누나 손수건 사이에는

얼마나 많은 세월이 흘러갔는가
"연분홍 치마가 봄바람에"로 시작해서
"봄날은 간다"로 끝나는 노래가사에도
친구야, 우리 봄이 오십 년 지나갔다
꽃은 해마다 피고 지는데
일 년에 한두 번 만나는 동창 모임에서
주름진 선하 얼굴 볼 때마다
봄에 피는 꽃다지
여름에도 꽃을 피우는
분이 누나 마음이 아로새겨진
하얀 가제에 노란색 실 수놓은
손수건 한 장 생각난다

# 초록 비

후박 잎 넓은 가지에
마음 하나 미끄러지다
마음 빗소리 채우고 돌아오다
초록에 미끄러지는 빗방울
아라베스크 오수午睡에 스미면
초록잎이 아치형으로 늘어져
초록이 빗물에 씻겨간다
연초록이 진초록 띨 무렵
추억의 한 장면이 가물댄다

# 시의 일지日誌

두보杜甫 시 신안리新安里에는
눈물로 뼈가 마른다고 해도
세상이 무정하다고 했다

돈으로 행복을 살 수 있다고 해도
돈으로 행복을 살 수 있다고 말해서는 안된다
사랑이 아니면 죽음이라고 말한 그대까지도
돈이 아니면 사랑을 지킬 힘이 없다는 그대까지도
나팔 모양의 과남풀 꽃에
벌이 들어가려고 몸부림치는 것에서도
시는 저항의 목소리이어야 한다고 말해야 한다

# 김소월

압록강이 멀지 않는
삭주 한촌寒村에서
처가妻家살이했다
압록강에 나가서
가을볕 느끼며 자주 울었다
돈타령 이후 끝내 자재自裁했다
「개여울」 가사歌詞로 가슴 적시고 적셨다

# 비슬산 참꽃

비슬산 유가瑜伽 마을에서
제자 오세덕한테서 엽서 왔다
참꽃 한창인데 술 한잔하자고 엽서가 왔다
정이 담긴 엽서를 받고 보니
마음 참꽃에 물들었다
몇 초 몇 분에 주고받는
이메일에 없는 체온 숨결 묻어 있는
정 많았던 시절의 손글씨가 그리워진다
비탈 묵정 밭머리에 낮술 먹고
저 혼자 붉어지는 붉나무 살고 있는
마을이 그리워진다

# 싱아

"그 많은 싱아는 누가 다 따먹었을까"

박완서 장편 『미망未忘』에서
경기도 개풍 산기슭에서
그 많은 싱아를 보았다
이름이 맘에 들어
시 속에 집어넣었다
그러고는 몇 년 후
눈 밝은 잠자리
거미줄에 걸린
충북 속리산 중턱에서
싱아를 보았다
한동안 싱아 앞에 서서
"네가 싱아로구나" 하고
입 속으로 뇌어보았다

# 버들숲 강물

버들숲 강물은 늘 그렇게 있어야 했다

강반江畔 버들가지 꺾어 잘게 갈라서
술 얼룩 성감대 자극한 여자 단내를
흰 모래톱에 씻고 돌아왔다
말라르메 '얼어붙은 호수' 쪽으로
기우뚱했던 말잔치도 닦아냈다

방학이라고 돌아온 버들숲이
아카디아 라도 강변에서 목욕하는 수정水精들이
세일러복 입은 여자임을 알았다

강 저쪽 남자 노래하고
강 이쪽 여자 화답하고
이쪽저쪽 강물에 잠긴 버들숲이 손뼉치고
녹색부전나비 빙빙 돌며 날아다니고

〈

버들숲 강물은 늘 그렇게 있어야 했다

# 비파枇杷나무

어머니 산소에 갔다
안갠지 는갠지 눈앞 가린다
둥근 긴 잎 떨구며
울고 우는 것이 비파琵琶라더니
엇나가기만 하던 자식이
비파枇杷나무로 우는 것이다
마른 손 일 못 놓으시고
돌갓 돌미나리 보자褓子에 싸서
동구洞口 밖까지 따라와서
무명 치마 바람에 감아올리는
어머니 산소 앞에서
비파나무로 우는 것이다

# 월광수변공원 月光水邊公園

소음 얼룩진 도시 가까운 곳
갈대 빗질하는 햇살이 있고
시누대 사각이는 바람이 있다

뻐꾹채, 애기똥풀, 으름덩굴…
봄 가을 달리하며 피고 진다
산새 울음 이듬해 언 땅 녹이고
노방路傍의 방초芳草 바위틈으로 기어나온다

수밭못 밑으로 와서
탱자 울타리에 기어오르는
하얀 새밥 따먹었던
기억에서 잠들기도 한다

수밭못 밑 동리洞里는
반은 도시로 변했지만

까치 소리 빠지는 못이 있고
박 속 같은 고운 사람 만날 수 있다

세월이 나이를 먹고 누워있다

# 동구洞口 앞에서

오지랖 소매는 콧물이 등개등개 붙어 번들거렸다

읍내 장 서는 날 씀바귀 얼굴 내미는 양지쪽에 놀았다

뒷산 멧부리는 또래 머슴애들 코피 흘리며 싸우고 있었고

쑥대밭 머리엔 아들 걱정하는 아버지 수심愁心이 누워 있었다

제2부

# 사초莎草 가는 잎들

낮술 먹고 붉게 취한 남자 욕정
봄까치꽃 그림 걸린 욕조浴槽 안
여자 거뭇거뭇한 거웃이 부추기는
사초莎草 가는 잎들이 일렁인다

장끼 까투리 등에 올라타고
시도때도 없이 야단법석 떠는 거
콩밭 고랑에서 보지 않았던가

환한 대낮, 여자 탐하기 좋아하는 남자 욕정
어찌할꺼나 어찌할꺼나

# 봄 그늘에서

한 걸음 앞장 서서
봄 그늘에서

어제 우울했고
오늘 고달팠고

마른 풀잎 사이로
삐죽이 고개 내민
소루쟁이 눈부신 하루라서
눈물나게 고맙다고
풀잎이 사방四方에서 인사를 한다

# 희락화락 憙樂和樂

노란 꽃 그늘 아래
병아리 삐약삐약 놀고 있다

꽃 피는 정분情分으로
분분紛紛히 모여 놀고 있다
노란 주둥이 삐약삐약 놀고 있다

왠종일 할 일 없이 방울소리 굴리며
방창方暢한 날 골라 희락화락 놀고 있다

# 노들강변 봄버들

성한 몸으로 집 나갔던 사람
병든 육신 안고 돌아왔다
몸에 칫솔 하나 지니고 다닌
장돌뱅이 십 몇 년인가
반신불수半身不隨 다 된 사지四肢 이끌고
당신 앞에 섰습니다
지난날 죄업
바람아 바람아 어찌하면 좋을꼬
가난한 눈에 눈곱 끼는 것이
우리네 생활이라지만
조강지처糟糠之妻 품에 돌아와서
골병든 사지, 곤할대로 곤한 몸 눕히는 곳이
노들강변 봄버들이다.

# 대구 박훈산 시인

이봉구가 〈명동 백작〉이라면 박훈산 시인은 큰 발로 큰 키로 걸어다닌 〈지역 대감〉이었다. 남일동 아가씨가 벗어놓은 보트만한 신을 보고 기겁하고는 화대花代 내놓고 도망쳤다고 한다. 향촌동 다방마담 짝사랑하다 자살 소동까지 일으키기도 했다. 바람이 무성할 때는 가보세, 혹톨, 쉬어가는 집에 나타나 술을 마셨고. 바람이 시들 무렵에는 행복식당, 은정식당에 자리했다. 청도 금천면 선마루 유가儒家인데도 가문 자랑한 적 없었다. 시보다 아주까리 밤수풀이 휘청이도록 술을 마셨다. 술값 떼어먹은 것이 항다반사恒茶飯事인데도 술집 여자들은 바람 맞아 구겨진 마음 다림질해 주었다. 가브리엘 마르케스가 하룻밤에 60명 받느라 진땀 빼는 혼혈창부 이야기는 재미있는데, 맛도 재미도 없는 것이 김춘수 시라고 말하고는 신동집 시인에게 술을 얻어먹기도 했다. 과일이 썩으면 벌레를 불러들이듯 여자 탐한다고 망신당한 일 있지만 구

차하게 얼굴 감싸지 않았다. 큰 키로 큰 발로 동성로
를 돌아 금동식 시인이 있는 행복식당, 밀밭식당을
찾던 박훈산 시인이 없는 대구 거리는 멋대가리 없고
건조하다.

# 그리움이라는 이름

강변엔 버들숲이 어울릴 것 같아
강변엔 하늘빛이 어울릴 것 같아
강변엔 풍경 하나로 싱거울 것 같아
여자 한 명 그려 넣었다
그림 다 그리고 보니
여자 떠난 남자 그리워하는
놀 지는 강변이 좋을 것 같아
화제畵題를 그리움이라고 붙여 보았다

# 내내월來來月이 돼야

유리병 안 파뿌리 봄비 내리고 난 뒤에야
서산마루에 무지개 걸려 여우비 지나고 난 뒤에야
물에 잠긴 버드나무 가랑이 사이로
못물 들락이고 난 뒤에야
강냉이 여름 내내 뻐꾹새 울음으로 여물고 있다

# 샤갈의 실버 화이트

파랑 바다 배경으로
그대가 욕조浴槽에 누웠다면
바다 파랑이 눈부시다
눈 올 기미 없는
인디고빛 하늘에서 쏟아져 내리는
샤갈의 실버 화이트
영롱한 면面과 면面 사이
눈이 눈썹 위에 얹힐 것이다

# 고향 소월리

몸채 앞 마당은
치자 하얀꽃 향기로 물들었다
보라 수국水菊 꽃 피우지 못했지만
연분홍 구름 국화 꽃 피웠다
주황껍질 속씨 빼고는
입 안 가득 부는 꽈리도 심었다
지갑紙匣 지폐는 술로 구겨졌고
수심愁心으로 보내는 어머니 눈길이
살고 싶은 세월 등지고 누워 있었다

# 분홍 강물

낯익은 여자가
10년 전에 먹은
외상값을 받으러 왔다
기억에도 까마득한
먼 산을 바라보니
바람 속에 떨고 있는 3월이
내 눈앞에 와 있었다
외상술로 떠돌던 지난 시절은
꽃 피는 봄날
촌 국민학교 아이들이
공부 마치고
교문을 뿔뿔이 흩어지는
바람꽃인 양
줄 것도 가진 것도 없는
분홍 강물이었다

# 게티즈버그 연설

게티즈버그 연설엔 게티즈버그 전투에 대한 언급이 없다. 노예제나 남부에 대한 거론도 없다. 272개 단어로 조국에 대한 의무를 강조했다. '위대한 과업'이란 노예 해방이 아니라 자치의 보전이었다. 오늘날에야 흑인까지 포함한 자치로 받아들이지만 흑인 선거권을 내세우지 않았다. 전투를 내전이 아닌 민주주의와 민주주의 아닌 것의 싸움으로 규정했다.

# 엉겅퀴꽃 피던 고개

우리에 갇힌

염소 한 마리

엉겅퀴꽃 핀 고개 그리워 달아났다가

늑대 만나 밤새도록 싸운 끝에

새벽녘에 잡혀 먹힌다

비취翡翠 별빛 밝혀 살아온 여자

즈믄 해 뒤에 살아온 여자

누명 씌워 감옥 살게 한 여자

그리움 하나 또 생기게 했다

# 부박浮薄함이 늘어날수록

박새 곤줄박이 돌아올 때는
달이 떠오를 무렵이다
흔한 것이 초록이고
반짝이는 것이 강물인데
부박浮薄함이 늘어날수록
검은머리방울새 목 축이던
옹달샘 사라졌다

# 날도래와 까치

여름 한철 사는 쓰르라미
가여워 보이지만
새로로 난 작은 이마 무늬로
날도래 더 가여워 보인다

이마 무늬로 가여워 보이는 날도래
자갈 모래 나뭇잎 꽃대궁 엮어
바람 통하고 물 흐르는
타원형 실고치 집 짓고 산다

배 희고 검은 머리 광택 나는
지상에서 차경借景 높은 곳 골라
둥지 틀고 사는 까치는
집수리하느라 쉴 틈 없고
짝짓기하느라 분답다

제3부

# 파꽃

고향집 안마당
토종꽃 많았다

갓난아기
뺨 같은 파꽃

꽃병에 꽂아
청마루에 놓았다

검은 머리 하얀 파뿌리
어머니 겹쳐 보인다

# 홀로 있는 먼산

홀로 있는 먼산은
낮게 엎드려 있어도
이마에서 무릎까지
눈꽃 뒤집어쓰고 있었다
가까이 있는 산은 높아도
흰 눈 쌓여 있는 것 보지 못한다

달빛 아래 맨드릴 옆에 잠든 집시
잔설 희끗한 홀로 있는 먼산은
흰 꽃 분홍 꽃 파랑 꽃 달고 있지만
비애 끔찍함 겪은 겸손이 배어 있었다

홀아비꽃대로 외로이 서 있는
헌 두루마기 걸친 에픽테토스가
승냥이 염소 보호하느라고
얼굴 흉터 가득한 개 어루만져주며

환명에 찌든 인간에게 눈물 흘렸던 것이다

홀로 있는 먼산은
가시 많은 아카시, 침이 굵은 유칼리
검은 사이프러스와 얽혀 있어도
눈 뒤집어 쓰고 있는 산정을 볼 수 있었다

# 까치봉에 눈 그친 밤


수밭고개 넘어가는
오리나무 십 리 길
까치봉에 눈 내리고
눈 그친 밤
하현달 뜨면
원 그리는
하현달 테두리는 밝아지지만
하현달 그 안은 텅 비어 버린다
이런 밤 자주 목메이는 것은
마음에 담긴 슬픔 때문인 것이다

# 칠곡 국우동

억병으로 마시고는
만취한 보름달 데불고
까막까치 잠든
마을로 돌아오는 것이다

한로寒露에 내린 아침 이슬
상강霜降 저녁 풀에 떨어지는
혼자 사는 적막한 마을
마른 가지 울리며 하루해 저물면
개 짖는 소리 들릴 뿐
사람 발길 뜸하다

주기酒氣 높은 날
밤 수풀 휘청거렸고
만월滿月 개 짖는 소리 높아갈수록
취한 목청 밤하늘에 높아만 간다

⟨

"니혼노오 가끼 우동은 마시가 없구요, 조오센노
밀까리 국시는 마시가 좋더라아 와깟다가 바가야로"


억병으로 마시고는
만취한 보름달 데불고
까막까치 잠든 마을로 돌아오는 것이다

# 못물에 묻어오는

봄이 눈 뜨는 아침에
못물이 고와
걸음을 어디서 멈추어 본다

잔 숨결 잠재워 둔 미명未明에
이른 산하山河는 비 개고
일렁이는 물빛 속으로
고향산천이 안전眼前에 피어진다

볼빛 수줍은 지난 시절
자갈돌 하나에서
풀섶에 이르는 사랑 이야기에로
밤 이슬에 후줄근히 옷 적시던
냇 둔덕
봄물 내리는 아지랑이 기억 끝에
연한 물빛 한가닥

잔 숨결로나 남을지

세월 따라 흐르는
수류촌水流村 언덕
먼 옛날 안겨 자라던 엄마 가슴
그 풀밭 고향 흙내
자우慈雨 쏟아지던
비 개인 산하山河여
나의 몇겹의 눈썹 젖은 느껴움으로
아득히 한아閑雅 속에 저물어 가도
이른 봄 쑥 자리한
사랑의 빛깔만큼
못물 가슴으로 번질까 개일까

봄이 눈 뜨는 아침에
못물이 고와
걸음을 어디서 멈추어 선 채
지난 시절의 연륜年輪을 헨다

# 정월 열나흘 날 당월當月

정월 열나흘 날 당월當月*은
아이 낳게 될 달이라고
달빛 교교皎皎하다

달빛 흐뭇이 흘러내리는
귀비貴妃 묘역 인근隣近
막걸릿집 하나 있었다
할미꽃 공원 풀밭은
밤 지새우며 베짱이 울었다

달빛 교교히 흘러내리는
역삼각형 산봉우리 올려다보며
사내 아이 낳게 해 달라고
일구월심日久月深 빌고 빌었다

*註─당월當月: 아이를 낳게 될 달

# 떠나는 여름

말매미 울음소리 끝나고
청명한 가을이 유리알에 묻어온다
가슴에 땀 흘리며 여름 술 마시던
버드나무집 안마당
여름이 무사無事했다고
엷은 속살 가리우고 여행을 떠나지만
유리알에 묻어오는
가난을 닦고 닦아내도
가난이 유리알에 묻어온다

# 예쁜 화장실

초록에 묻혀
빨간 뾰족 지붕
예뻐 보이지만
가까이서는 메스꺼운 욕지기이다

경전經典 같은
흰 구름 이고 있기에
멀리서 보는 여자보다
멀리서 보는 후지산보다
예뻐 보인다

# 유월을 풀꽃처럼

인공기 단 구데리안 전차
초록 풀꽃 산하 밟고 지나갔다
캐터필러 자욱한 산하를 기억하며
일천구백오십 년 유월 이십오 일
사장 딸 미스 박과 호텔문을 열었다

# 복사꽃 화사한 몸

복사꽃 화사한 몸이
화살나무 되어
복숭아 씨방 안에 도달하고는
산화散花하는 봄날에

상여 맨 상두꾼 처량한 목소리
복사꽃 언덕 넘어가는 봄날에

"버스 여자는 떠나면 잡는 게 아니란다" 가르쳐 주
고 집 나간 할머니 영영 돌아오지 않는 봄날에

복사꽃 혼자 피고 혼자 지는 봄날에

# 유두流頭

비취 원석原石 물에 담그면
물이 살아 움직인다
경주 박물관 뒤뜰
천광운영天光雲影 새겨진
돌물통石槽 있다
음력 유월 보름날
창포 삶은 돌물통 안으로
머리 감는 작은 몸이 담긴다

# 울산은 공업도시이지만

동해 용왕 아들 처용이 살았던 곳
십 리 대숲에서 뻐꾹새 울적에
한글학자 외솔이 태어난 곳
제주 애월에서 사제간師弟間 사랑을
「실걸이꽃」으로 남겨두고 떠난 곳
케이프cape 입고 기타치며 노래하는
종숙從叔이 소시少時에 살았던 곳
곰솔 해국이 감청紺靑 바다로 빛나는 곳
첼로 저음 같은 음陰 10월 소춘小春에 〈창릉 문학
상〉을 송당문학관에서 시상하는 곳

# 복사나무 꽃


꽃이 잎보다 먼저 핀 뒤
분홍 복사나무 꽃 사람 마음 뒤흔든다
동방삭이 서왕모에게 훔친 복숭아 먹고
삼천갑자를 살았단다
복사꽃 아름다움이
사람 마음 뇌살惱殺시킨단다

# 추위에 얼어도

    나무 등걸에 고드름 매달린다. 목덜미 훑고 지나는 바람이 삭정이 울타리 부러뜨린다. 햇볕 달아도 손 시리다. 봄이 올 기미 없는데 양지엔 보리 단발머리 만큼 웃자라 있고, 땅바닥에 납작 엎드린 광대나물도 자랐다. 어디서 날아왔는지 후투티 한 쌍이 사과나무 에 앉아 있다.

# 고향은 아무것도 가르쳐 주지 않았다

토마스 울프가 쓴 『그대 다시 고향에 못 가리』에 나오는 주인공 조지 웨버는 이모의 장례식에 참석하기 위해 15년 만에 고향 리비아 힐에 돌아왔다. 웨버가 돌아온 고향은 그가 상상했던 고향과는 너무나 달랐다. 고향은 신흥 도시로서 면모面貌를 일신—新하고 있었고, 주민들은 부동산 매매와 투기에 광적일 만큼 혈안이 되어 있었던 것이다. 그래서 조지 웨버는 고향에 대해서 환멸을 느꼈고, 자기는 고향에 적합하지도 적응할 수도 없다는 것을 깨닫게 된다. 소년 시절의 꿈은 그가 고향에 돌아옴으로써 산산조각이 나버린 것이다. 그래서 토마스 울프는 작품 속의 주인공 웨버를 통해서 지난날의 아름답던 고향 사람들은 부동산 투기꾼으로 득실거렸고, 그 순박했던 고향 사람들은 돈벌이에 혈안이 되어버려 다시는 고향을 찾지 않겠다고 결심하게 된 것이다.

　고향을 말할 때마다 고향은 늘 나를 거짓말쟁이로 만든다. 마을 앞을 흐르는 강물은 도랑물이 되어 흐르고 있었고, 발가벗고 놀던 냇가 우뚝한 바위는 작은 돌맹이에 지나지 않았다. 마을 앞에 있는 산에 오르면 미라처럼 누워 있는 못물은 더없이 깊고 푸르게 보였다. 호랑이가 칡덤불 속에 낮잠을 자고 있다는 계전동의 달음산은 200m도 안 되는 야산에 지나지 않았다. 그래서 고향은 늘 나를 거짓말쟁이로 만들었기에 이제는 고향을 함부로 말해서는 안 된다는 것이다. 고향으로 가는 초입에는 방죽이 있고, 포플러로 에워싼 학교 운동장이 있고, 측백나무 울타리로 둘러싸인 면사무소가 있고, 묵은 살구나무 몇 그루 있다. 살구나무 분홍꽃 화사함 때문에 영감을 받은 것은 아니지만, 살구나무 그늘에 서면 마을은 포근하게 누워 있다. 바람이 불 때마다 나뭇잎이 물소리 내며 우는 강둑의 풍경이 시야 밖으로 넓혀졌다. 그런 풍경이 시를 노래하는 그리움을 줄까. 하나의 풍경이 내면에

스민 어떤 전형성이 그리움이라는 영감의 원천이라는 생각이 든다. 그 길에는 정겨운 마을 이름이 늘어서 있다. 동강리, 계전리, 소월리…… 마을을 지날 때마다 마을은 미세한 숨결을 들려준다. 까맣게 익은 열매를 달고 거름 무더기 옆에 자라는 까마중 같은 마을 사람들의 구수한 얼굴과 살냄새…… 그럴 때 나는 길을 멈춘다. 바람개비로 돌아오던 과수원 길에 서서 한 편의 시를 쓰기도 한다.

인디안 추장 후투티 닮은
무학산에 서설瑞雪 내려야 봄 길다
친정 다니실 적 아득한 산등성이다
분이粉伊 시집가던 날
톨스토이 루진이 벌판처럼 눈이 왔다
첫날밤 울고 떠난 분이는
친정 한번도 오지 않았다
그리고 무학산엔 서설이 내리지 않았다


능선이 닿는 산동리에 길 나고는
네온사인 휘황한 달 떠오르고는
대처 사람들 붐비고는

영태 종달이 마을 떠났다

청람青藍 풀 억새 하늘거리는
읍내 오르내리던 토농土農이 안 보인다
벌레처럼 모래처럼 반짝이던 강물이
미라처럼 누워 있다
—「무학산을 보며」 전문

이 시에서 하고 싶었던 말은 분이가 시집을 가고는
친정인 고향을 한 번도 찾지 않았다는 데 있다. 계전
리에 산 분이는 경북여고 재학 때 시집갔다. 분이가
시집가던 날부터 오기 시작한 눈이 한 닷새 계속됐
다. 눈이 분이 슬픔을 덮어 주기라도 하는 듯 톨스토
이 소설에 나오는 루진이 방황하던 눈벌판처럼 천지
는 하얗게 내린 눈으로 울어댔다. 꿈 많았던 어린 분
이를 억지로 시집보낸 어른들에 대한 분노 때문에 이
시를 쓰게 된 것이다. 이 시를 발표했을 때 구활 형이
매일신문 안동 북부본부장으로 있을 때 시를 잘 읽었
다고 전화 준 적이 있다.

1960년대 중반 이미자 〈동백 아가씨〉가 한창 유행

하던 시절, 하양 와촌에서 대구로 유학 온 우리들은 기차 통학하거나 신암동에서 자취하거나 누나 집이나 친척집에 쌀 한 말에 돈 천 원 주고 하숙을 하기도 했다. 토요일이 오면 동촌 반야월 능금밭 지나 햇살 몸에 감기는 청천 금호강 비단물결 보면서 '미카' '파시' '소리' 등의 이름이 붙은 석탄 연기 시커멓게 내뿜는 증기기관차를 타고 1주일에 한 번씩 고향 시골에 갔다 온다. 구활의 고향은 하양이고, 내 고향은 와촌이다. 하양에서 북쪽으로 시오리쯤 상거相距한 곳이 와촌이다. 구활의 고향 하양과 도광의의 고향 와촌은 시인이며 평론가인 박용철의 송정리와 시인 김영랑의 강진과 같이 이웃에 붙어있다. 요즘 나는 구활의 감칠맛 나는 시적인 글을 읽을 때마다 풀새비 똥이 시커멓게 묻은 어린 시절로 돌아간다.


물 햇볕河陽으로 꽃 피운 구활具活 문학이
문등門燈이 둥근 등피橙皮에 집 지은 제비 슬기같이
하양 땅 바짓가랑이로 휘젓고 다녔던
초록 눈망을 등촉燈燭 같은 문체로 빛났다


하양에서 청천 사과밭 사이 휘어도는

은하銀河 푸른 강물에 목욕하던 수정水精들이

뽀얀 젖가슴 얼룩 남기는

남정男丁네 상스러운 말에 도망갔지만

강안江岸 모롱이 돌아가는 기적소리에

하양에서 꽃 피운 구활具活 문학이

물빛 사랑 풀꽃으로 피어났다

― 「하양의 강물③」 전문


　누구나 고향을 가지고 있다. 그리워할 고향이 있는
경우에는 물론이고, 그렇지 않을 때도 그 무엇을 그
리워하며 그 때문에 슬퍼하기도 하고 기뻐하기도 하
는 것이다. 도연명은 〈귀거래사〉에서 "새는 날다 고
달프면 돌아올 줄 안다"고 말했고, 영원의 청춘을 누
리던 괴테도 서른한 살의 젊은 나이에 "모든 산봉우
리에 휴식이 있다"고 말했다. 사람에게 외로운 사람
에게는 고향은 마음의 젖꼭지와 같은 것이다. 고향으
로 갈 때마다 차창 밖으로 보이는 낮게 엎드린 야산
을 보게 되고, 마을 입구마다 서 있는 느티나무를 보
게 된다. 차창 저편에 나타났다가 사라져 가는 강물
과 못물에 눈을 주면서 생각에 잠기곤 한다. 봄이면
산과 들에는 잎이 돋고 꽃이 핀다. 여름을 넘기면 나

무들은 물이 들고 잎을 떨어트리며 가을이 간다. 우리들이 살아가는 그것과 무엇이 다르랴. 내 생애의 강물도 저렇게 흘러가고 있는 것이 아니겠는가. 시간은 아무도 기다려 주지 않는다. 내가 가지고 있는 모든 것들을 언젠가는 다 가지고 갈 것이다. 고향으로 갈 때마다 이런 따위에 사로잡히다 보면, 어느덧 포플러가 줄지어 섰는 고향 마을 동구 앞에 서 있게 된다. 경산시 와촌면 동강리 171번지, 내가 웃고 울며 자란 고향이다. 마을 앞으로 강물이 동으로 흐르기 때문에 동강리東江里라 했단다. 서강리西江里란 이름보다 얼마나 따뜻함을 느낄 수 있는 아름다운 이름인가. 내가 이런 아름다운 이름을 가진 마을에서 자라지 않았다면 시인이 되지 못했을 것이라고 나를 아는 분들이 술자리에서 농 삼아 말하기도 하지만, 동강리란 이름이 시인의 고향 마을 이름으로 어울린다고 생각해 보기도 했다.

가까운 곳에 고향을 두고 있건만 마음속의 고향은 언제나 멀리 떨어져 있었고 아득하게만 느껴졌다. 나에게 남아 있는 고향의 이미지는 부호의 딸을 아내로 삼아 궁정 시인으로 영달한 〈자허지부子虛之賦〉의 사마상여司馬相如가 세 필의 말이 끄는 수레를 타고 금의환향하는 이미지가 아니고, 동구 밖 키 큰 회나무가 바람 속에 떨고 있는 이미지로 남아 있는 것이다.

　향수가 이런 것이 아니겠는가. 그러나 향수란 마음을 외롭게 흔들어 주는 것만 아니다. 어떨 때는 거칠어진 정서를 곱게 빗질해 주기도 하고, 흩어진 생각을 외가닥 길로 인도해 주기도 하는 것이다. 복잡한 도시 공간 속에서 일상의 부대낌에서 벗어나 술이 취해서 밤늦게 돌아올 때면, 강물이 흐르는 숲이 있고, 포플러로 에워싸인 운동장을 가진 학교가 있고, 측백나무 울타리로 둘러싸인 면사무소가 있는 고향을 생각하게 되고, 고향에서 보내던 어린 날로 돌아가게 해 주는 것이다. 유년의 땅에 돌아오면 누구나 지난날의 잃어버린 것들을 되찾게 해 주는 것이다. 수로에 잠겨 첨벙대며 밤길을 따라오는 물속의 달, 집 뒤 안까지 다가선 산 그림자, 무더운 여름밤 무시로 느껴지는 서늘한 바람기, 하늘에 가득한 별과 꽁지에 파란불을 달고 무수히 날아다니는 개똥벌레, 수시로 떨어지는 별똥별과 야밤의 광대무변한 정적과 침묵…… 그런 것들이 겁많은 어린 날의 우리를 떨게 했고, 섬뜩거리게 만들었고, 까닭 없는 공포감으로

몰아넣었지만 그 공포감이 우리를 순수하게 했던 것
이다. 그렇다면 유년의 땅에 와서 두려움과 공포감을
되찾는 것은 옛날의 순수를 되찾아가고 있는 것일까.
고향을 돌아볼 때마다 느끼는 어떤 두려움과 부끄러
움은 도회에서 익혀온 거짓 의상과 속임수의 몸짓들
이 깨끗하고 순진한 고향 풍물 앞에서 발가벗겨져 가
는 자기 폭로에서 오는 일종의 두려움 같은 것이 아
니겠는가. 고향에서는 언제나 정든 풍물과 인정이 맑
은 거울이 되어 거울 앞에선 자기의 모습을 잘 드러
내 준다. 여름 시원한 그늘, 매미 소리 합창 속에 한
소년을 잠재워주던 늙은 팽나무 아래 섰을 때, 초등
학교 때 젊은 여선생님이 울고 떠나간 아카시아 무성
했던 신작로 내려다보이는 산허리를 돌아설 때, 올해
아흔여덟이 된 종조모의 까마득한 나이를 바라볼 때,
고향은 나에게 무엇을 가르쳐 주었으며, 고향은 무엇
을 안겨다 주었을까. 내가 그리워하고 그리워했던 고
향은 나에게 아무것도 가르쳐 주지 않았다.

개미시선 078

# 고향은 아무것도 가르쳐 주지 않았다

1쇄 발행일 | 2023년 05월 25일

지은이 | 도광의
펴낸이 | 정화숙
펴낸곳 | 개미

출판등록 | 제313 - 2001 - 61호 1992. 2. 18
주소 | (04175) 서울시 마포구 마포대로 12, B-103호(마포동, 한신빌딩)
전화 | (02)704 - 2546
팩스 | (02)714 - 2365
E-mail | lily12140@hanmail.net

ⓒ 도광의, 2023
ISBN 979 - 11 - 90168 - 61 - 8 03810

값 10,000원